The Book of a Cat's Questions

一隻貓會有多少問題？

與諾貝爾獎詩人聶魯達交談，一本和孩子一起問個不停的對話集

夏夏 著
蔡美保 繪

CONTENT

The Book of a Cat's Questions

輯二

輯三

輯四

作者的話

世界是從問題裡誕生的

夏夏

有時候我們會不小心就忘記世界是從問題裡誕生，是由問題所創造的。幸好，還有孩子提醒我們。

被孩子的問題轟炸，致使開始寫童詩，這是我經常向人們分享的創作源頭。二〇二一年，由於遍布全球的 Covid-19 疫情，行政院宣布全面停班停課，緊接著後續的暑期，長達四個月左右足不出戶的時間，這段期間想必對很多父母來說都印象深刻。猶記得當時和兩個稚齡的孩子二十四小時關在家裡，幾乎沒有外出，也沒辦法外出。

這本詩集，就是在這段時間裡完成初稿。

孩子的問題總是很多，正是他們表現對世界好奇的方式。問答的過程中，讓我不禁想到智利詩人聶魯達在去世前幾個月所完成的經典之作《疑問集》。這本詩集共有七十四首，每一首都是由數段提問所組成，內容觸及自然、哲學、宗教、歷史與文學等題材。

從前讀到時，就對其中溫柔的問句與詩意的想像留下深刻印象。而聶魯達提出的疑問，也留下更多空白予以讀者踏入其中思考。

所以當一而再、再而三被孩子的問題輪番轟炸，便想起書架上這本詩集。當我翻閱久違的詩句，突然想到，也許詩人在將近五十年前所提出的疑問，也是孩子的疑問，因此便有了用童詩與《疑問集》對話的想法。

關在家裡的時間一長，身體的限制只能用精神上的奔馳來彌補。那段日子裡，白日抽空重讀《疑問集》，等夜裡躺在床上陪孩子入睡時，同時也在腦中思索詩句，等孩子熟睡後，再爬下床記在紙上。一首一首的詩，隨著日子往前，逐漸完成。

詩集中，節選《疑問集》中的詩句作為題目，共完成三十六首，依照閱讀理解能力分成四輯，依序加深。所節選的詩句，皆採用陳黎老師的譯文，在此也特別感謝老師的慷慨應允以及長年致力於翻譯國外經典作品的辛勤付出。

其中有數篇，是詩人聶魯達對自然的觀察、時間的哲思、靈魂的追尋，在那段因疫情而進入三級警戒的期間，能夠用文字來探索這些問題，創作過程中別具意義，更帶來精神上的鼓舞與安慰。

當然，帶領孩子閱讀這本詩集時，也可以完全不用理會前述的淵源。因為孩子本身就是沒有拘束的靈魂，世界在他們的眼裡何其嶄新，而每一個提問對他們來說都是起初。若孩子能單純享受這些文字與想像，關於所有奧祕的解答，或許就已經萌芽。

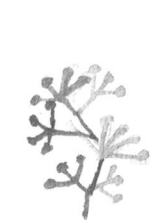

輯一

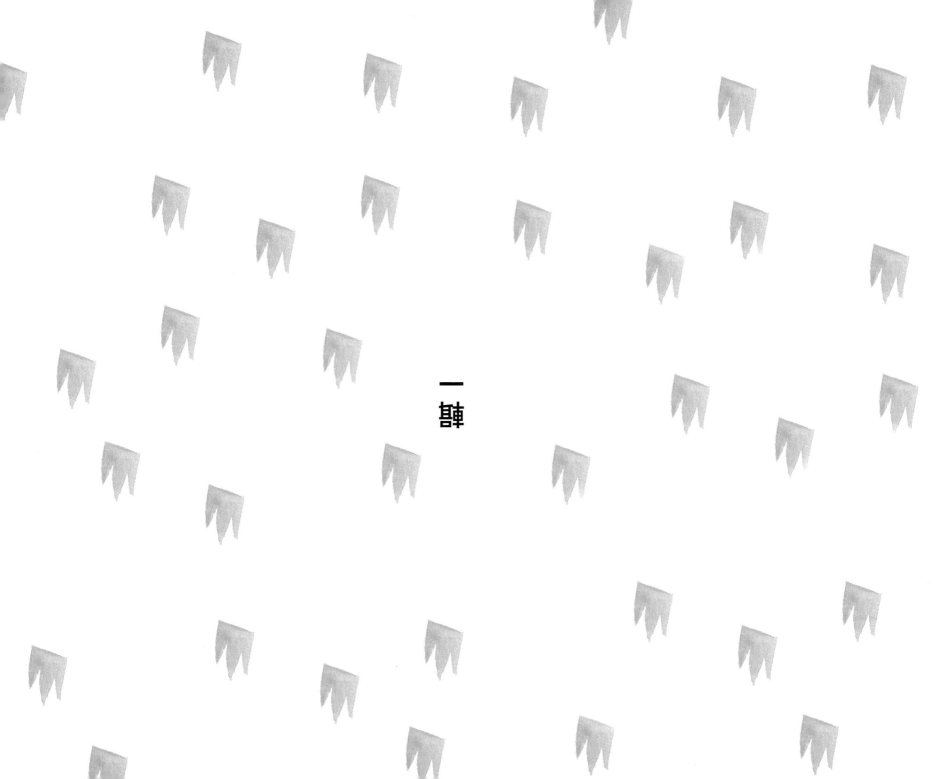

Q[1]

一隻貓會有多少問題？

請告訴我
一棵樹會有　幾片樹葉？
秋天吹起一陣陣風
把葉子一片片掃落
為的是數一數
一棵樹會有幾片樹葉

請告訴我
沙灘上會有幾粒沙子？
大海伸出浪花的手指
一遍遍撥弄著
把沙子帶來又帶走
為的是數一數
沙灘上會有幾粒沙子

請告訴我
馬路上會有幾輛車經過？

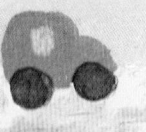

紅綠燈眨眨眼睛
一會兒紅
一會兒綠
好讓車子一台台停下來
又一台台開走
為的是數一數
馬路上會有幾輛車經過

請告訴我
一隻貓會有多少問題？

貓彎過身子伸長舌頭
從頭到腳仔仔細細
舔著身上的毛
為的是數一數
貓身上有幾根毛

請告訴我……

貓專心的舔著
不理會我的問題
像是在對我說：
「你才是那隻愛問問題的小貓。」

Q_2

上學遲到的燕子會怎麼樣？

上學的路上
經過小燕子的巢
高高懸掛在屋簷下
小燕子急急忙忙　飛進飛出
不知道在忙些什麼？

小燕子啊，你要上哪裡去？
為什麼一大早就這麼忙碌？

小燕子啊，你吃過早餐了嗎？
是不是快遲到了
所以這麼匆忙？

慘了，光顧著和小燕子聊天
我要遲到了啦！
想到老師生氣的臉孔
我趕緊跑了起來
不知道小燕子遲到
是不是也會被老師罵？

Q3

如果所有的蛋黃都用盡
我們用什麼做**麵包**？

先將去年落下的葉子
加上500克晴天的雲朵
仔細揉成麵團

加入20克松鼠尾巴上的毛
和時鐘的滴答聲
讓麵包發酵

想要鬆軟的口感
就倒一把秋天的風
喜歡酥脆的外皮
記得撒點青蛙的叫聲

最重要的是
一定要加點黃昏——
全世界的蛋黃都從這裡來
所以雞媽媽和鳥媽媽到傍晚時
還在外頭忙著蒐集蛋黃
直到天黑了才回家

你要一把抓住黃昏的太陽
聞一聞它的味道
有稻草、魚和舊書本的氣息
加入麵團裡攪拌

最後把麵團捧在溫熱的掌心
只要一首歌的時間
就能烤好

你看
妹妹一定吃了不少
怪不得她的小臉
像香噴噴的鬆軟麵包

Q4

如果蝴蝶會變身術
牠會變成飛魚嗎？

飛魚今年的生日願望是
在花叢中自由的飛翔
所以牠總是追逐著
白色的浪花
努力躍出海面

蝴蝶今年的生日願望是
在大海裡自在的游泳
所以它總是乘著
輕快的風
忽高忽低漫舞

明年生日要變成什麼好呢？
土撥鼠、獅子
還是星星？
好像都不錯耶！

Q5

你把什麼守護在駝起的背底下？

一隻駱駝對烏龜說。

弟弟是阿公的寶貝
阿公喜歡背著弟弟
帶著弟弟去看花看小狗
像蝸牛背著殼
一點兒也不嫌重

玩具是弟弟的寶貝
弟弟把玩具裝進背包裡
背在身上
走到哪兒　玩到哪兒
像烏龜背著殼
一點兒也不嫌麻煩

Q6

藍色誕生時
是誰歡欣叫喊？

一點點冰塊
一片羽毛
再加一撮雪花
最後滴入天使的眼淚
誕生了——藍色
天空分配到淺淺的藍色
它驕傲的到處炫耀

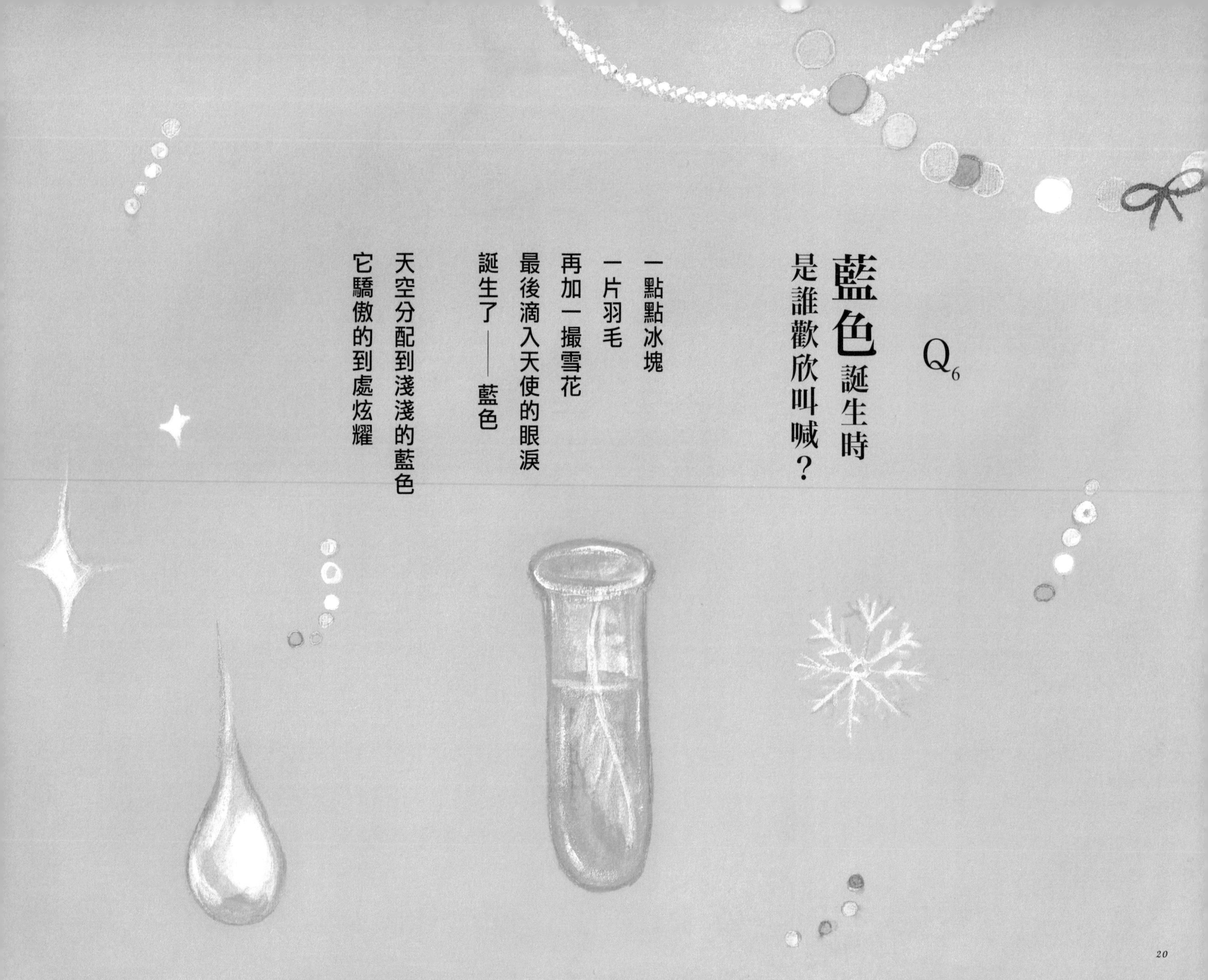

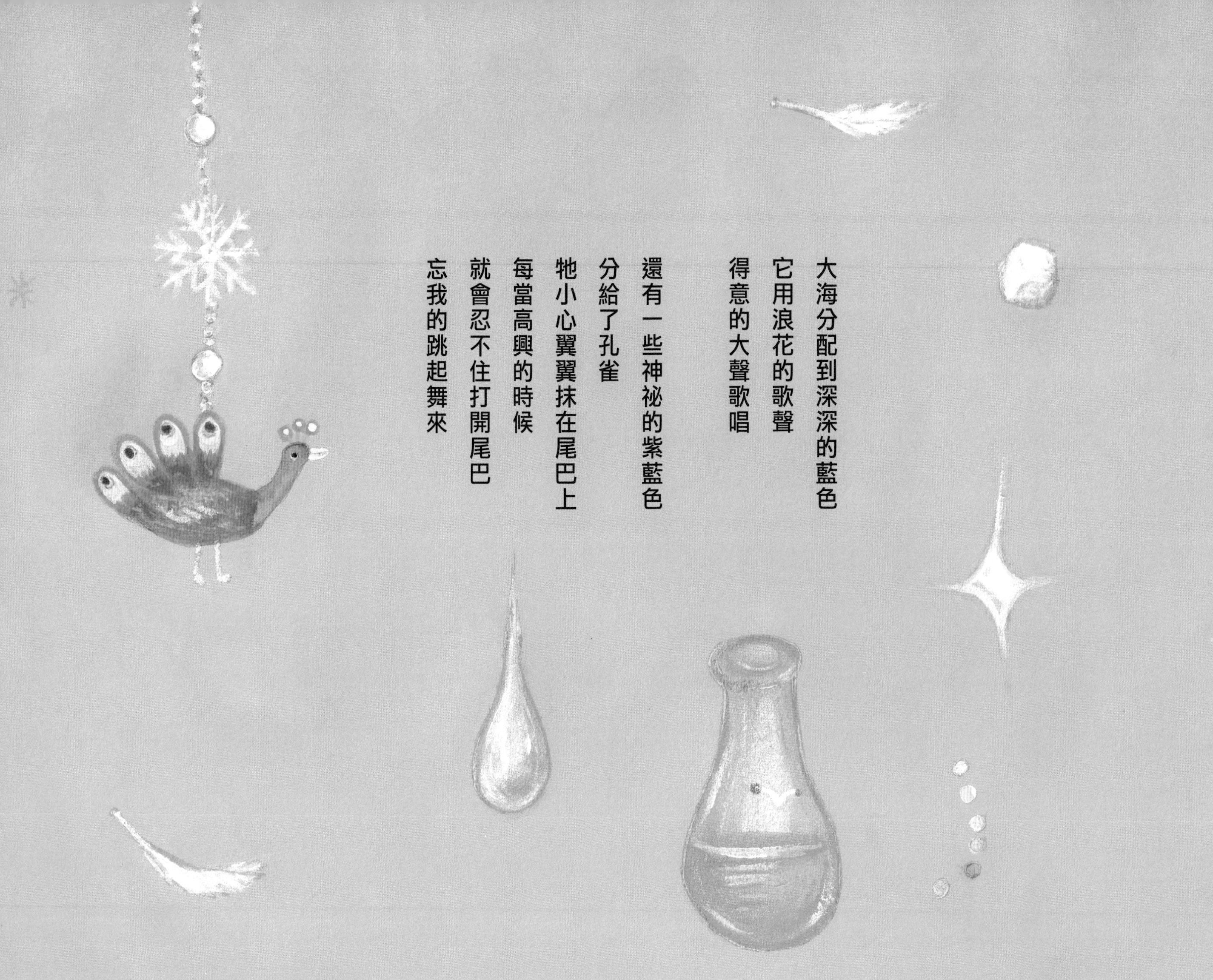

大海分配到深深的藍色
它用浪花的歌聲
得意的大聲歌唱

還有一些神祕的紫藍色
分給了孔雀
牠小心翼翼抹在尾巴上
每當高興的時候
就會忍不住打開尾巴
忘我的跳起舞來

Q7

海的中央在哪裡 為什麼**浪花**從不去那兒？

把手淋溼
抹上泡泡
再打開水龍頭
沖啊！
把水開到最大最大
水一下子就多到滿出來
這是屬於我的海洋
用力撥動水
掀起一陣大波浪
肥皂泡泡也滿出來了
哇噢！跟浪花一樣耶

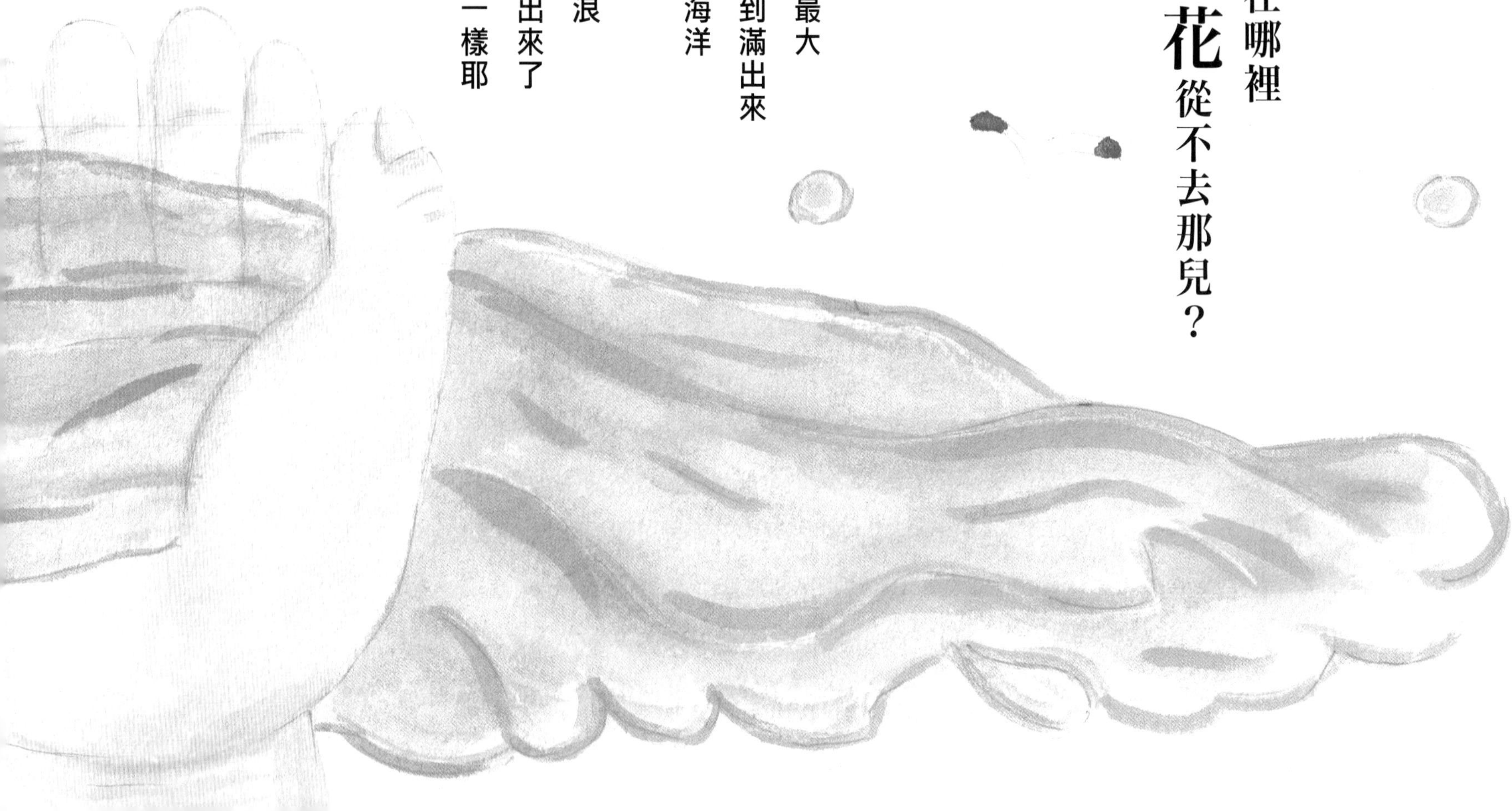

正當玩得高興時
媽媽衝過來說：
「不可以浪費水。」
接著把手伸進海的中央
拔掉塞子
水一下子就流光了
好可惜喔
媽媽才是浪費水的人吧！

Q8

蝴蝶什麼時候會**閱讀**牠飛行時寫在翅膀上的東西？

今天的天氣　晴朗
山谷裡開滿
我最喜歡的小雛菊
白色和黃色的花瓣在風中
像鈴鼓一樣
一邊搖晃
一邊打拍子
我忍不住停下來欣賞

張開翅膀
吸收太陽滿滿的力量
不是為了飛得更遠
只想要自在飛舞
我把這些事
仔細的寫在日記上

天氣不好的日子
不能出去玩
就讀一讀我的日記
好像又聽見鈴鼓的聲音
心情超級棒！

輯二

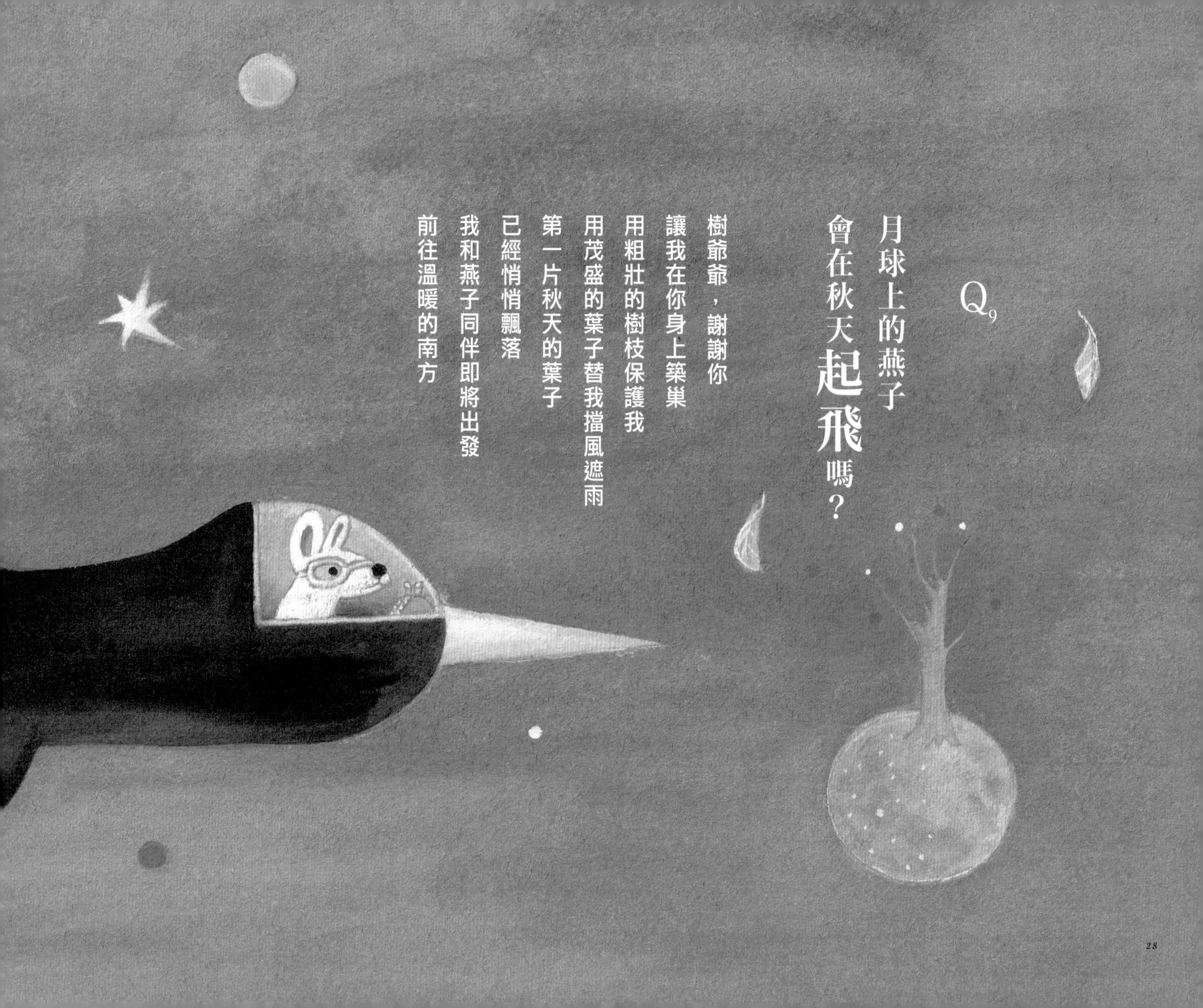

Q9

月球上的燕子會在秋天**起飛**嗎？

樹爺爺，謝謝你
讓我在你身上築巢
用粗壯的樹枝保護我
用茂盛的葉子替我擋風遮雨
第一片秋天的葉子
已經悄悄飄落
我和燕子同伴即將出發
前往溫暖的南方

再見了，樹爺爺
我會想念
和你一起數星星的夜晚
寒冷的冬天裡
如果感到孤單
請抬頭看看月亮
那兒也有一隻小燕子
在秋天來臨時
從遙遠的月亮上起飛
飛過無邊無際的宇宙
來到你身邊
代替我陪伴你

Q10

為什麼不訓練直升機自陽光吸取蜂蜜？

全世界的蜜蜂正在開會
討論重大事件
幸好牠們只會說
嗡嗡嗡的蜜蜂話
所以不用翻譯

「嗡嗡嗡，花朵愈來愈少。」法國的蜜蜂說
「嗡嗡嗡，家園被汙染。」美國的蜜蜂說
「嗡嗡嗡，我們的同伴愈來愈少。」台灣的蜜蜂忍不住抗議
世界各地的蜜蜂都很擔心

如果自陽光吸取蜂蜜呢？
如果派直升機去採蜜呢？
世界各地的蜜蜂都堅決反對
直升機不懂得唱蜜蜂的歌曲
陽光不懂得隱藏甜蜜的滋味

該怎麼辦才好？
世界各地的蜜蜂苦惱著

「嗡嗡嗡，我們要教導人類的孩子
關掉讓耳朵發痛的機器
唱蜜蜂的歌曲
將甜蜜的滋味隱藏在
嬌羞的花朵中
並且學習親吻土地。」
世界各地的蜜蜂都贊成
世界各地的蜜蜂都歡欣鼓舞

Q11

我要如何告訴烏龜
我的動作比牠還**遲緩**？

雖然我跑得很快
有時候想快
卻快不起來

吃下去的飯菜
在我的肚子裡
慢——慢——爬——
比烏龜還慢
要過好久以後
我才會長大一點點

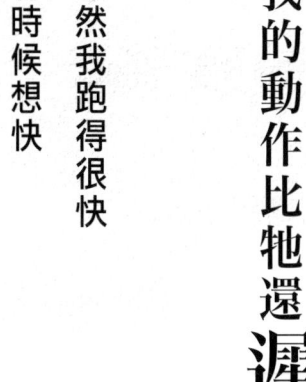

老師說的話
在我的腦袋裡
慢——慢——爬——
比烏龜還慢
要過好久以後
我才會懂事一點點

可是別小看我
也有不輸給烏龜的毅力
在沒有人注意到的時候
會突然長得好快
一下子懂得好多
把大家嚇一跳

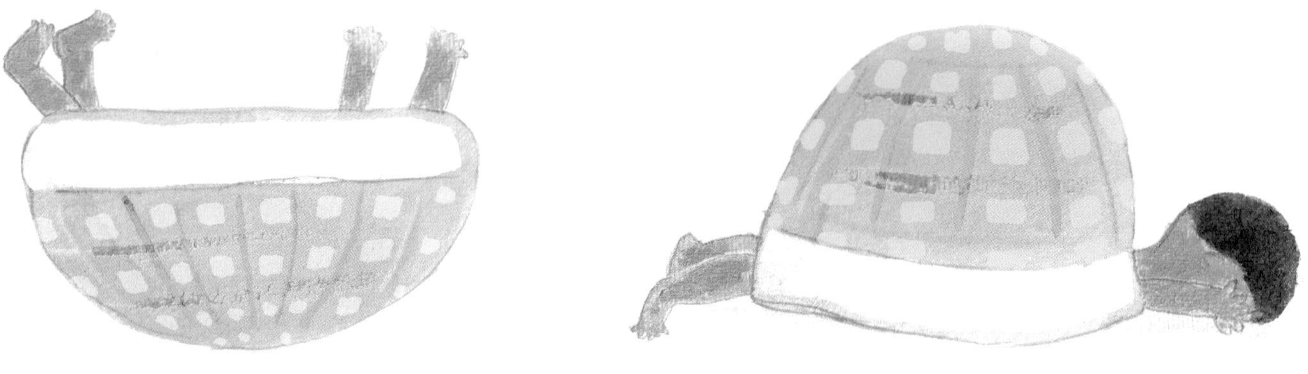

Q12

為了和天空交談
樹木向大地學習了什麼？

為了和天空交談
樹木向大地學習沉默

為了替外出的鳥媽媽
照顧剛出生的鳥兒
樹木向雲朵學習搖晃

為了留住斷了線的風箏
好讓它不再去流浪
樹木向路過的風兒學習
新的曲調

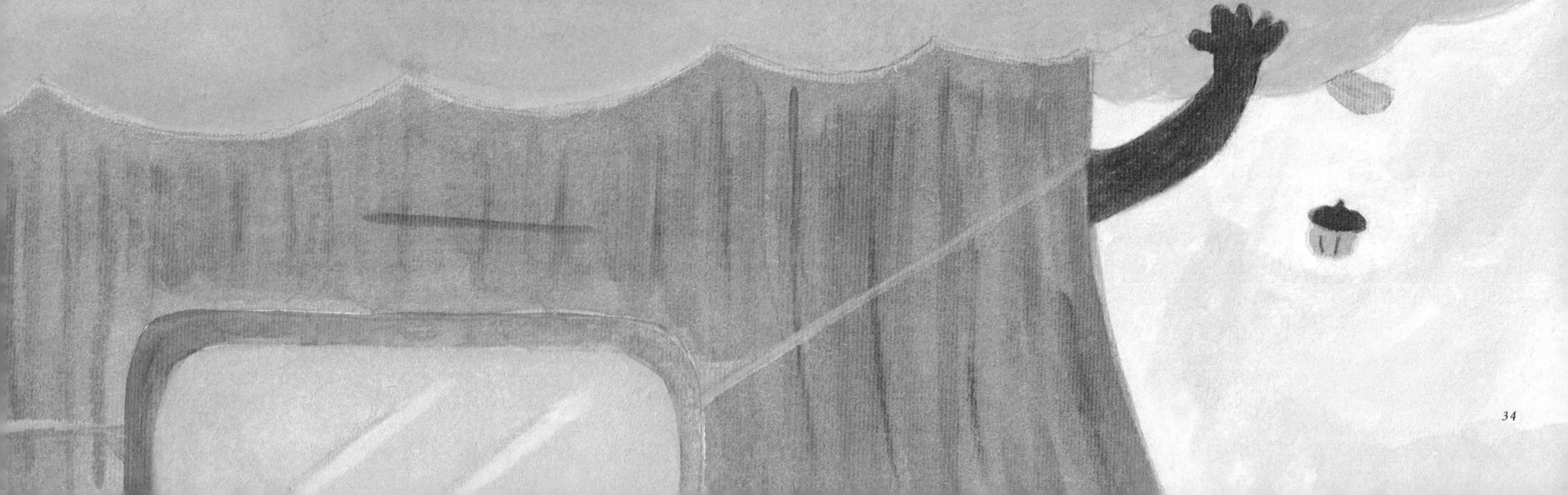

為了讓松鼠能盡情跳躍
樹木向蛇學習拉長身軀

為了保護自己不被砍倒
樹木向閃電學習轟鳴
可惜在它倒下時
才呼喊出來

Q13

他們可曾計數過玉米田裡的黃金？

富有的太陽國王
總是駕著馬車
大方的到處分享珍貴的黃金

祂把黃金撒在花田裡
向日葵便開出明亮的花朵
好像一朵朵的小太陽

祂把黃金撒在農田裡
南瓜個個都長得肥碩
一肚子又黃又甜的果肉

地底下滿身泥巴的地瓜
也生出結實的黃色塊頭
藏在黝黑的皮膚下

祂把黃金撒在果園裡
香蕉、鳳梨、柳丁
和芒果
全都笑得開懷
把最甜的滋味送給大家品嘗

最後祂來到玉米田裡
低頭一看
高大的綠葉靜悄悄的長著
咦，我撒下的黃金呢？
掀開綠葉一瞧
滿滿的玉米粒整齊排列
驕傲的綻放耀眼的金黃
連太陽都被亮得睜不開眼睛哪！

Q14

草原尚未因野生的**螢火蟲**而著火嗎？

夏天的夜裡
草地上的朋友們
高興得捨不得睡
樹蛙特別愛聊天
蟋蟀還在拉小提琴

樹林裡更熱鬧了
白鼻心忙著串門子
小石虎踩著輕巧的步伐在樹上玩耍
青竹絲吐著細細的舌頭
正準備吃宵夜

突然，小蜘蛛大喊：
「失火了！失火了！」
大夥急急忙忙要救火
一點一點的火苗
從水田裡慢慢燒過來了

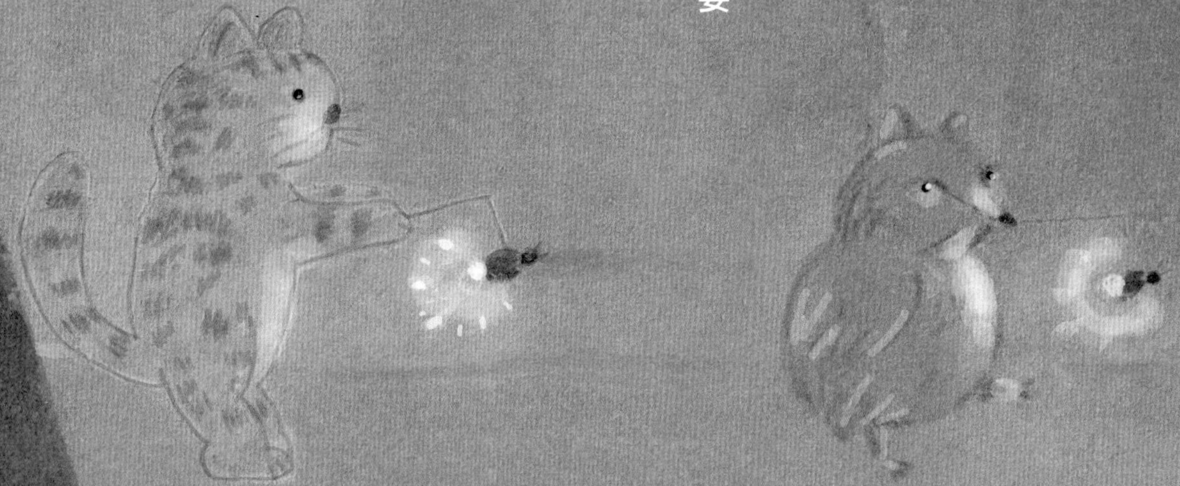

從竹林裡慢慢燒過來了
從更遠的小河邊
慢慢燒過來了

原來是螢火蟲呀！
黃嘴角鴞拍著翅膀飛回來報告
大夥兒鬆了一口氣

夏天的夜裡
大家都高興得捨不得睡
螢火蟲亮起點點的燈火
一場夜晚的大遊行
才剛要開始

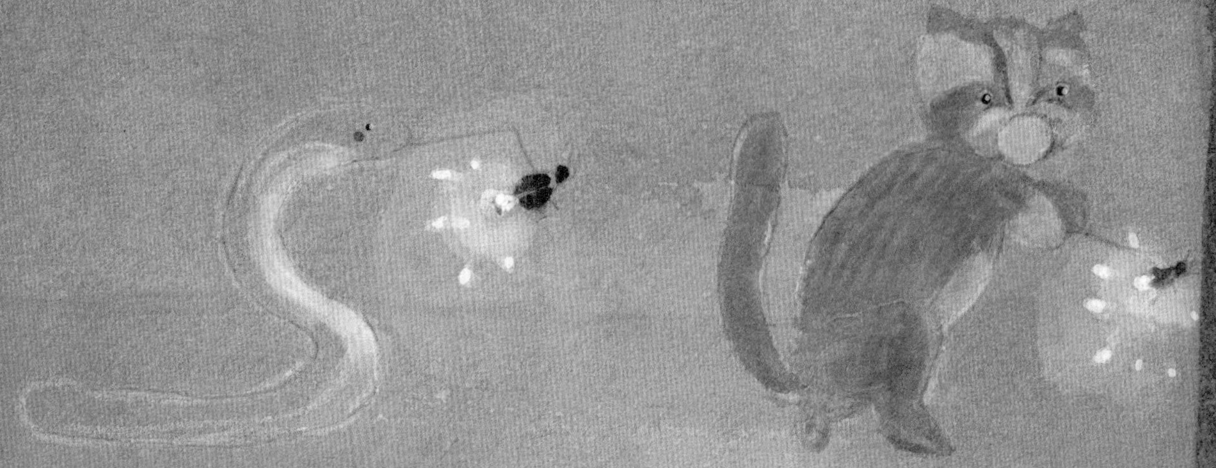

Q15

夢中事物到哪兒去啦？轉入別人的**夢境**嗎？

昨天晚上
夢見一隻蚊子咬我
醒來以後
弟弟說：「好癢喔。」
他的手上被咬了一個包
一定是那隻蚊子
也跑到弟弟的夢裡
偷偷咬了他一口

Q16

為什麼不給我們長達一整年的**巨大**的月分？

姊姊的生日在三月
她喜歡水蜜桃口味的蛋糕

爸爸和我的生日是七月
我們說好
要吃巧克力布丁蛋糕慶祝

媽媽愛吃草莓
剛好十二月是草莓的季節

如果一年只有一個月分
就糟糕了！
只能吃一次生日蛋糕
到底要選什麼口味呢？

Happy
Birthday

Q17

天空為什麼一大早就穿著霧氣？

看哪！
天空女士披上黑色的晚禮服
又向森林借了霧氣織成的薄紗
對著湖泊擦亮的鏡子
照了又照
準備參加晚會去了

聽哪！
是月亮馬車來迎接
當蟲兒和貓頭鷹唱出今晚的第一支舞曲
星星點起燭光
整個晚上繞著天空轉圈
螢火蟲也點亮閃閃的光芒

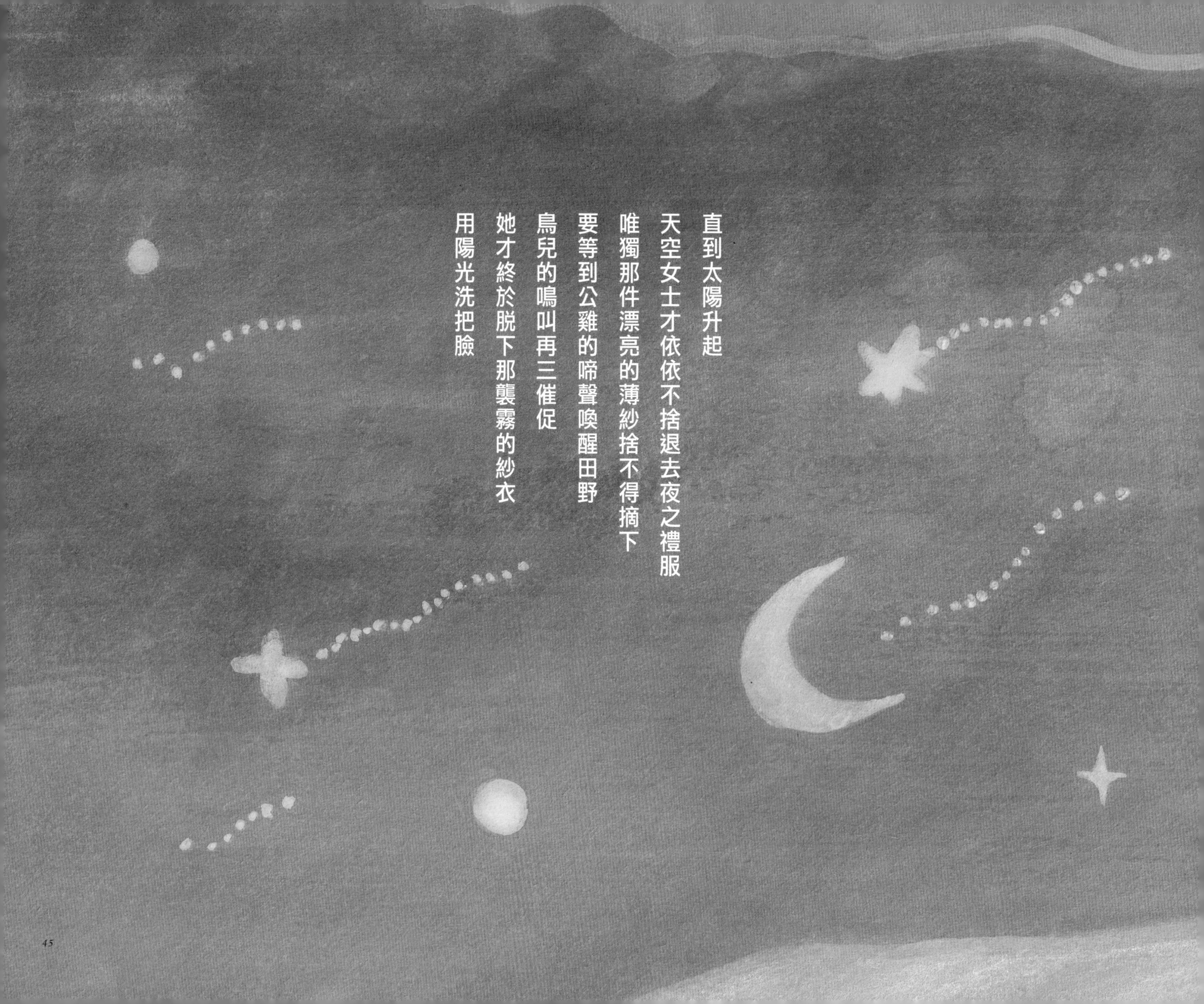

直到太陽升起
天空女士才依依不捨退去夜之禮服
唯獨那件漂亮的薄紗捨不得摘下
要等到公雞的啼聲喚醒田野
鳥兒的鳴叫再三催促
她才終於脫下那襲霧的紗衣
用陽光洗把臉

三輯

Q18

當我睡覺或生病時
誰來替我**生活**？

偷偷告訴你
我家有一個小精靈

他會在夜裡
把家裡打掃乾淨
弄壞的玩具、弄亂的房間
都難不倒他
早上醒來時
玩具修好了，房間也變整齊

白天時
他會先準備好吃的布丁
讓我放學一回家
就能馬上吃到點心

如果我生病
躺在床上不能起來
他會把故事書和牛奶放在床邊

大人每天都好忙
我猜他們也需要小精靈幫忙
可惜他們從不早點睡
生病時也不乖乖躺在床上
小精靈也就沒有機會
出來幫他們的忙

Q19

雨水以何種語言落在飽受折磨的城市？

小草垂頭喪氣
泥土是烤焦的餅乾
樹上的蟬兒不耐煩的催著
突然，一道打雷
把厚厚的雲劈成兩半

小黑狗熱到懶得吐舌頭
小黃貓躺在地上像是融化的奶油
小白鳥晒得頭頂快冒煙
終於，第一顆飽滿的雨水
落下來了
清涼的西北雨
落下來了

喝點水吧，小草
泡個澡啊，泥土
別生氣了，蟬兒
小狗、小貓、小鳥
都來涼快一下

雨水忙著問候大夥兒
不停嘩啦嘩啦的喊著
夏天的午後
在雨聲的陪伴中
大家睡了一個舒服的午覺

Q20

世上可有任何事物
比雨中靜止的**火車**更憂傷？

有時候
我是一隻脫隊的小螞蟻
朋友們都不見了
只有我　孤單的
玩著翹翹板

有時候
我是一隻迷路的鴿子
找不到飛行的同伴
只有我　寂寞的
尋找回家的路

有時候
我是一節火車車廂
其他的夥伴已經排成
長長的一列火車
轟隆轟隆出發去了
只有我　傷心的
被留下來

有時候
我是一顆小雨滴
從天上落下來
不過，哪怕只剩下我
也要快樂的為人們洗去憂傷

Q21

你知道大地在秋天沉思**默想**些什麼？

秋天來了
吹起一陣涼爽的風
大地打了一個大大的呵欠
準備進入冬天的夢鄉

當大家以為大地睡著時
它卻摘下一片片葉子
讀了起來

當大家以為大地醒來時
它又打起瞌睡
手上的葉子書本掉了滿地

秋天來了
吹起一陣涼爽的風
阿公打了一個大大的呵欠
準備進入甜蜜的夢鄉

當大家以為阿公睡著時
他卻突然睜開眼睛說：
「我在想事情，才沒有睡著。」

當大家以為阿公醒來時
他又傳出打呼的聲音
連眼鏡都來不及拿下來

真是的
原來秋天跟阿公一樣
假裝睡覺　其實在想事情
假裝想事情　其實在睡覺

Q22

在天體音樂中 地球的**歌唱**是否像蟋蟀？

發出咕嚕咕嚕的聲音
代表肚子餓了
不過我覺得聽起來
更像外星人在說話

外星人來到地球上
如果只聽見肚子的聲音
就太可惜了

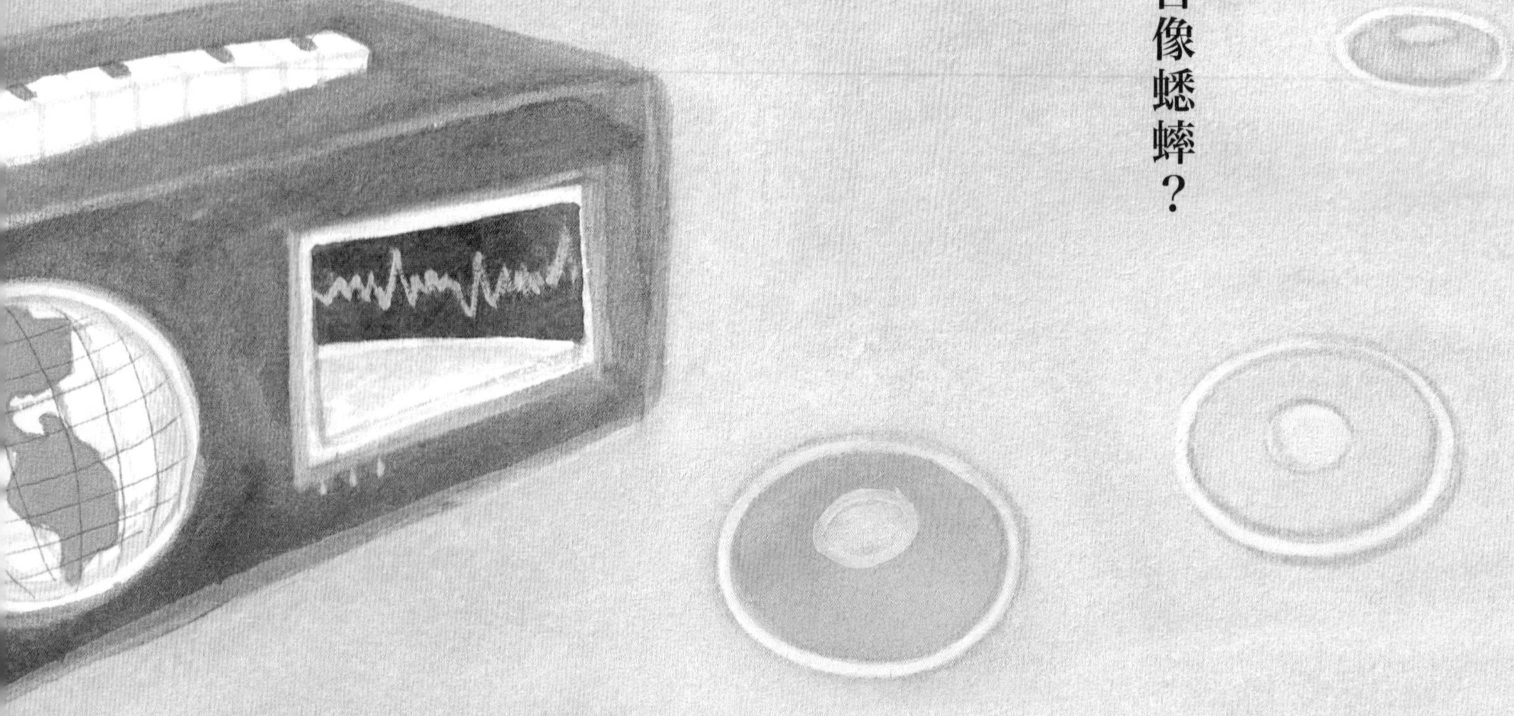

按下地球聲音播放器
第一首是颱風天的呼吼聲
第二首是球場上全壘打的歡呼聲
第三首是森林裡的水車和
蟋蟀溫柔的歌聲
第四首來點爸爸打呼
加上弟弟大哭大叫

最後一首，是來自我的語音訊息：
「你們好，歡迎來地球玩
這是我們的家
我最愛的地方
希望你們喜歡今天的表演
下次再來玩喔！」

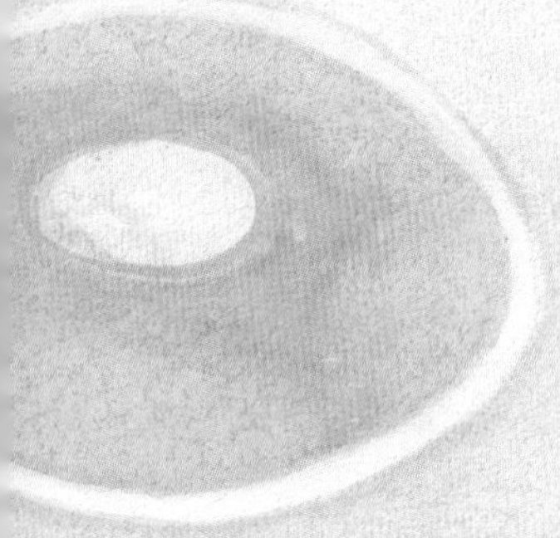

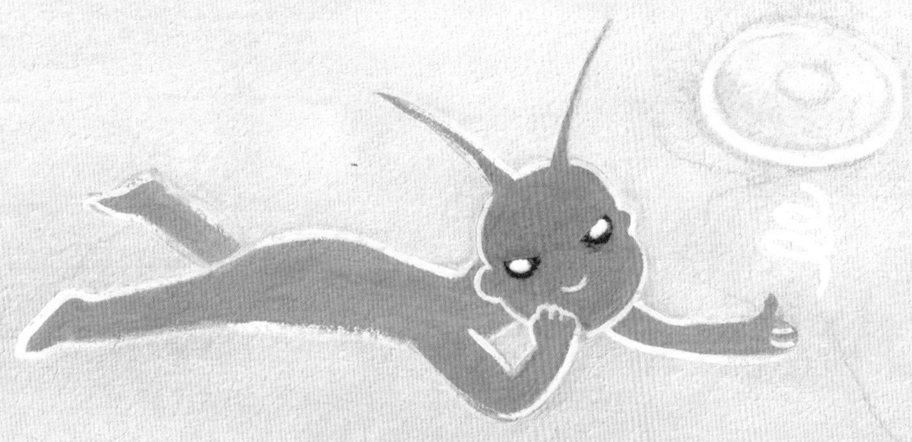

Q23

對每一個人來說4都是4嗎？所有的7都**相等**嗎？

蘋果裡的毛毛蟲
是小鳥的大餐
妹妹看了卻害怕得尖叫

我10歲了
還是個小孩子
但10歲的小黑
已經是條老狗

貓兒怕水
水，卻是魚兒的家

早上7點
哥哥說：「時間還早
再讓我睡一下。」
姊姊卻生氣的大叫：
「已經7點了，要遲到了啦！」

弟弟長出4顆牙齒
老爺爺的嘴裡
只剩下4顆牙齒

夜空中
流星劃過
可以許幾個願望
3個夠不夠呢？
媽媽看著我，微笑著說：
「1個願望就夠了。」

Q24

森林的黃色和去年的一樣嗎？

我家門前的楓樹
每到秋天
吸飽了太陽的蜜
葉子漸漸成了飽滿的金黃
不久後，又像喝醉酒似的
臉都紅了
在樹梢上搖搖晃晃
站都站不穩
不久後
便一片接一片落下來
醉醺醺的躺了一地
進入冬季的呼呼大睡

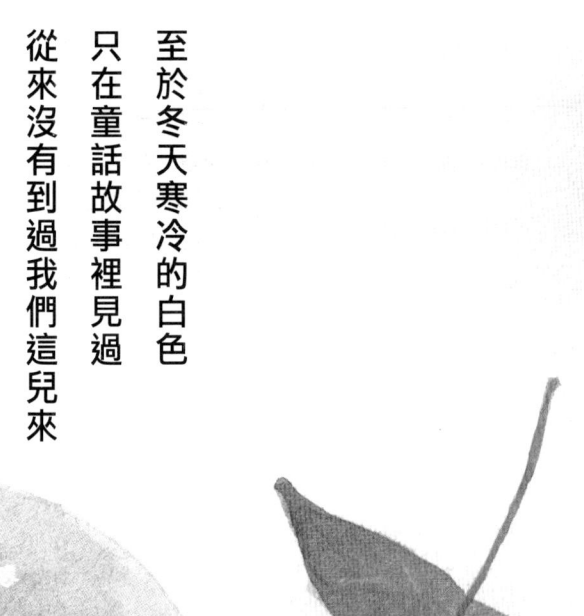

至於冬天寒冷的白色
只在童話故事裡見過
從來沒有到過我們這兒來

不過，有時候
我發現爸爸頭髮上
有一絲絲的白
像是頂著霜雪
我懷疑他偷偷去了童話王國
居然沒帶我一起去
真是太過分了，哼！

Q25

鳥群飛翔時
什麼鳥**帶路**？

那天早晨
決定去冒險
朝著寬廣的藍天
我展翅飛去

遇見大樹
樹邀請我歇息
我說：
不，我要不停的飛行

遇見風箏
風箏央求和我同行
我說：
不，我要自由的飛行

遇見雲朵
雲朵自告奮勇要保護我
我說：
不，我要勇敢的飛行

遇見其他同伴
牠們要我一塊兒排隊
我說：
不，我要獨自飛行

可是牠們不肯
一隻隻全跟著我
就這樣
搞砸了我的冒險計畫

Q26

為什麼**海浪**問我的問題和我問它的問題一模一樣？

沙灘上
一隻小招潮蟹在散步
牠舉起右邊小小的螯
向海浪招招手
「你是誰？」
海浪也問：「你是誰？」
「你的家在哪裡？」
海浪也問：「你的家在哪裡？」
「你為什麼學我說話？」
海浪也問：「你為什麼學我說話？」

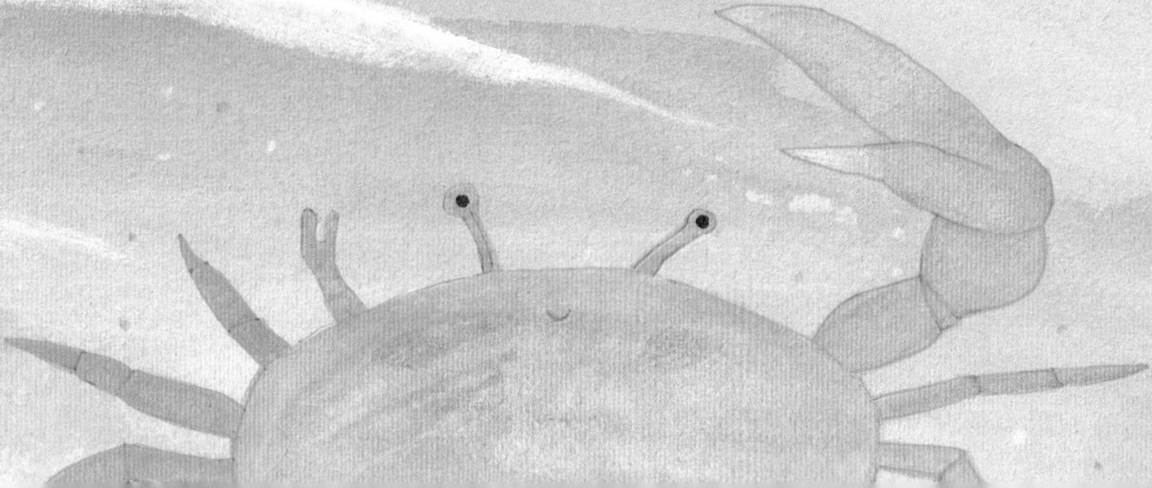

小招潮蟹舉起左邊巨大的螯
向海浪用力的揮舞
「你來這裡做什麼？」
海浪也問：「你來這裡做什麼？」
「不是你先招招手，叫我來的嗎？」
海浪也問：「不是你先招招手，叫我來的嗎？」
說完，牠們都笑了

輯四

Q27

我是有時邪惡
還是始終**良善**？

池塘邊的石頭
一半是乾的
一半是溼的
烏龜趴在石頭上晒太陽
小蝌蚪躲在石頭下遊戲
烏龜、小蝌蚪、石頭
都很快樂

黃昏是
一半白天
一半晚上
有些動物正趕著回家
有些動物的一天才正要開始
白天、晚上、黃昏
都很好

一半害羞，一半活潑
一半乖巧，一半調皮
一半大方，一半小氣
一半喜歡你，一半不喜歡你
這些加起來
才是我
少一點都不行

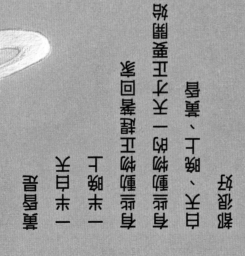

Q28

那些流不到海的河川
繼續和哪些星星交談？

用剪刀也剪不斷
小河嘩啦嘩啦輕快流著
雖然用剪刀也剪不斷
小河還是停下來了

為了開闢直直的道路
前往下一個城市
為了開闢彎彎的道路
前往下一座工廠
人類的水泥牆
擋住小河前進的路

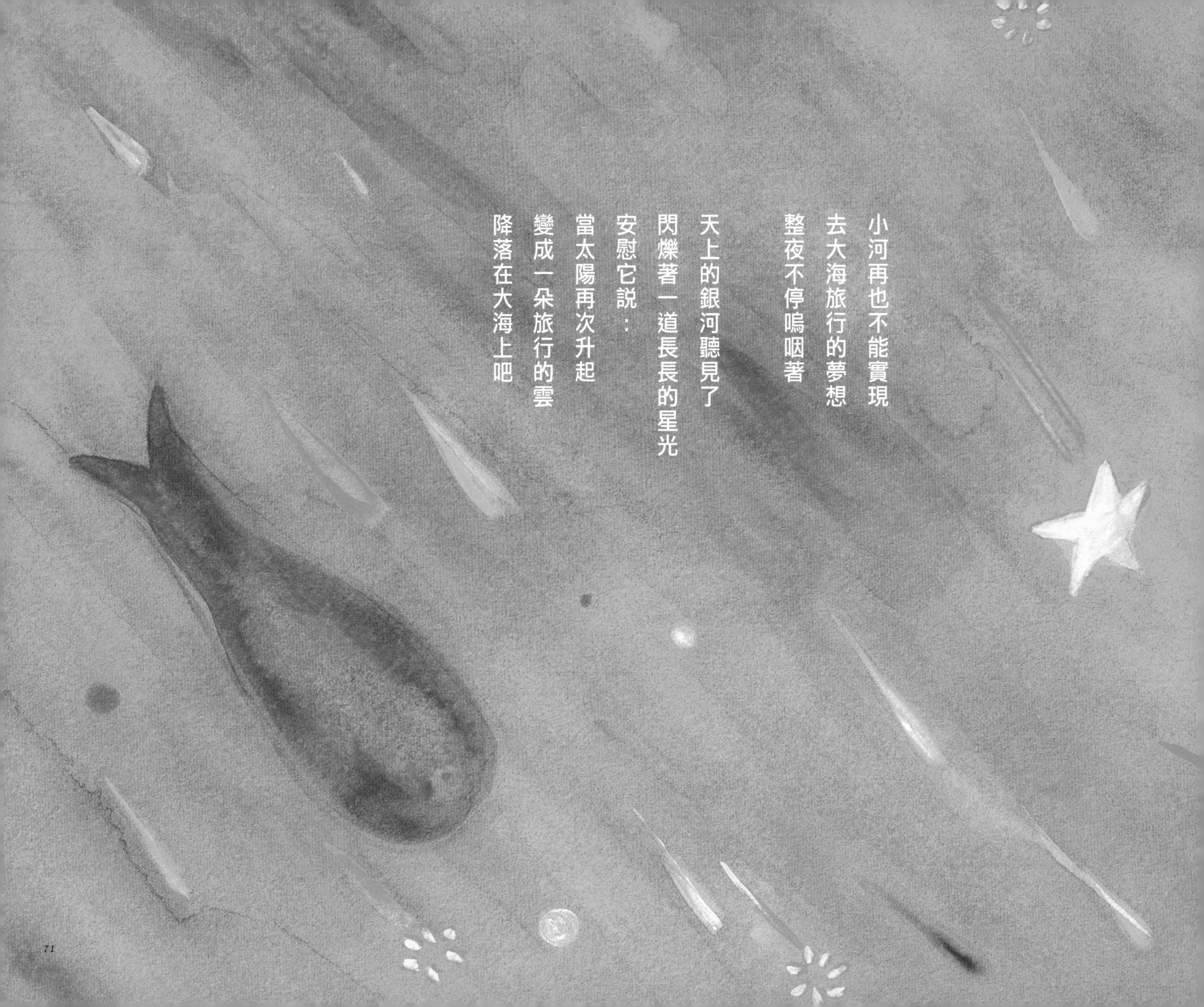

小河再也不能實現
去大海旅行的夢想
整夜不停嗚咽著

天上的銀河聽見了
閃爍著一道長長的星光
安慰它說：
當太陽再次升起
變成一朵旅行的雲
降落在大海上吧

Q29

稻米咧開無限多的白牙齒
對誰**微笑**？

我還沒見過
真正的稻田
和守護村莊的土地公廟
麻雀與稻草人在捉迷藏
白鷺鷥靜靜的站在田中央

我還沒見過
嫩綠的秧苗
如何在柔軟的泥土中排隊
抽穗後的稻子會開出
什麼樣的花
入漿的稻穗沉甸甸的垂下

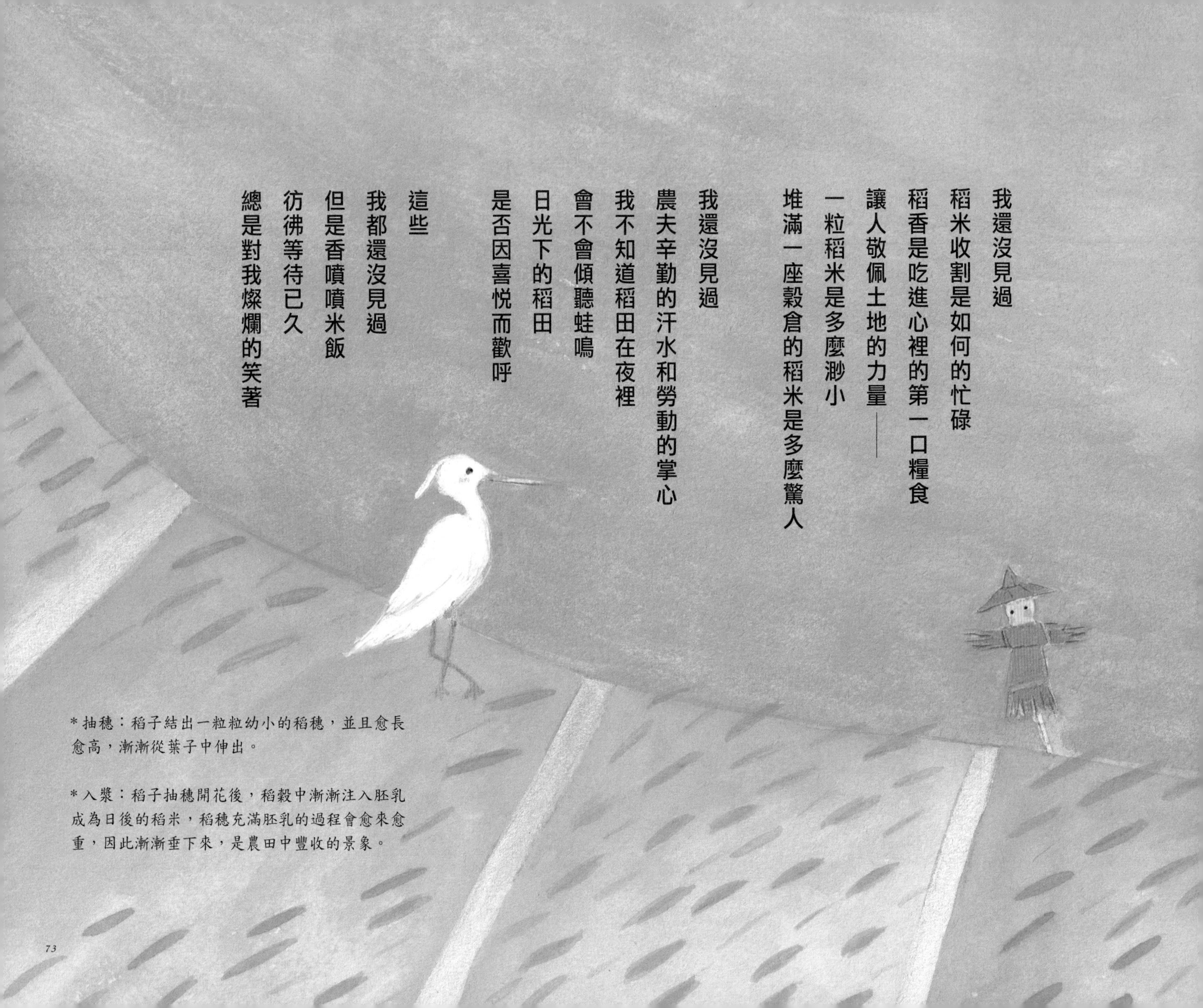

我還沒見過
稻米收割是如何的忙碌
稻香是吃進心裡的第一口糧食
讓人敬佩土地的力量——
一粒稻米是多麼渺小
堆滿一座穀倉的稻米是多麼驚人

我還沒見過
農夫辛勤的汗水和勞動的掌心
我不知道稻田在夜裡
會不會傾聽蛙鳴
日光下的稻田
是否因喜悅而歡呼

這些
我都還沒見過
但是香噴噴米飯
彷彿等待已久
總是對我燦爛的笑著

*抽穗：稻子結出一粒粒幼小的稻穗，並且愈長愈高，漸漸從葉子中伸出。

*入漿：稻子抽穗開花後，稻穀中漸漸注入胚乳成為日後的稻米，稻穗充滿胚乳的過程會愈來愈重，因此漸漸垂下來，是農田中豐收的景象。

Q30

如果鴿子學唱歌 鴿棚內會是什麼景象？

天亮了
鴿群從鋼琴裡醒過來
拍拍翅膀
牠們是天空的合唱團
一邊飛翔一邊歌唱

噴水池邊
孩子們遊戲的廣場
和高大的樓房
都有喜愛牠們的觀眾
牠們咕咕咕唱著
藍色的歌曲

鴿子將小小的足跡
印在五線譜上

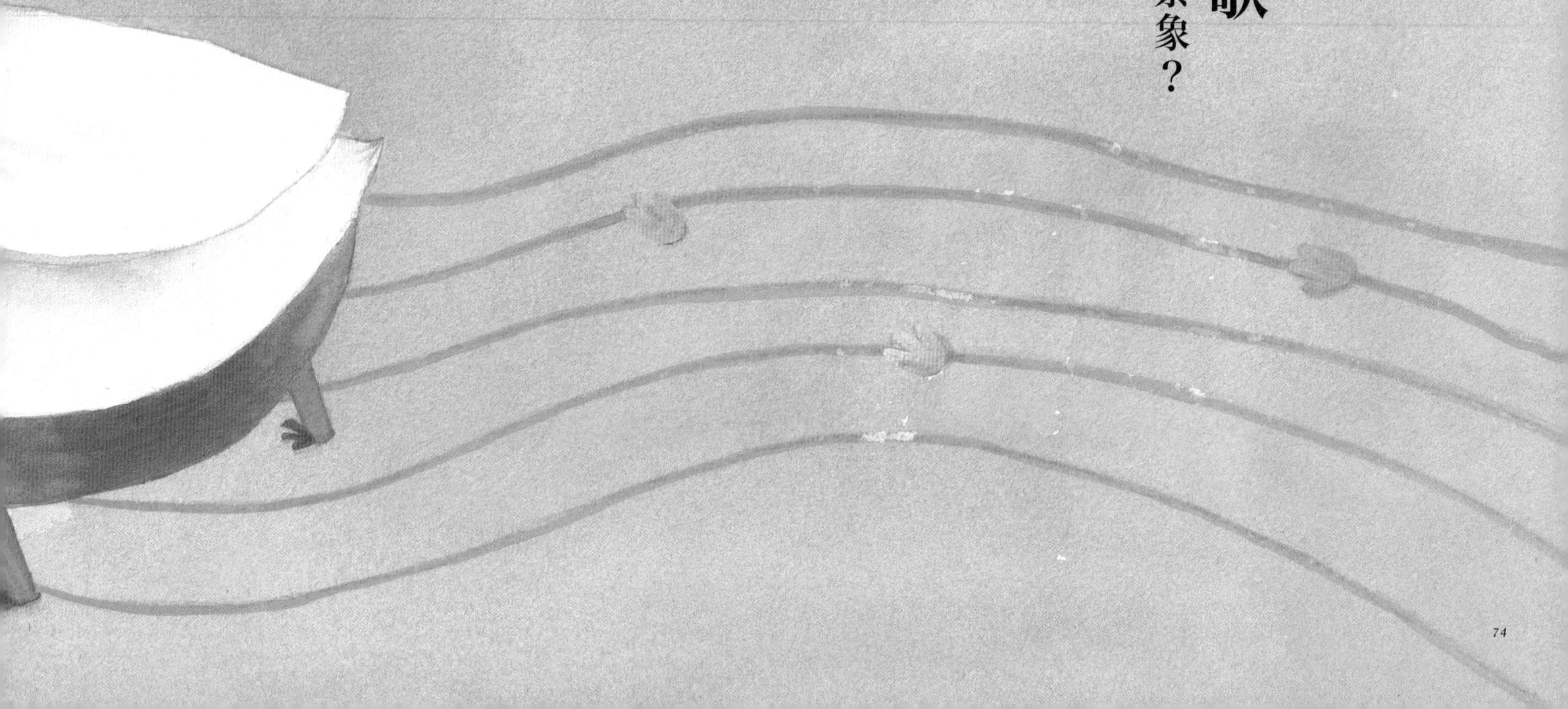

就成了一首首美麗的樂章
為了讓鋼琴替牠們伴奏

鴿子還教導鋼琴家
十根手指在鍵盤上
一點一點的敲著
像是模仿牠們的小腦袋
一點一點的啄食麵包屑
為了彈奏出動人的音樂

再一次，天亮了
鴿群從鋼琴裡醒來
拍拍翅膀
牠們是天空的合唱團
今天也是
盡情歌唱的一天

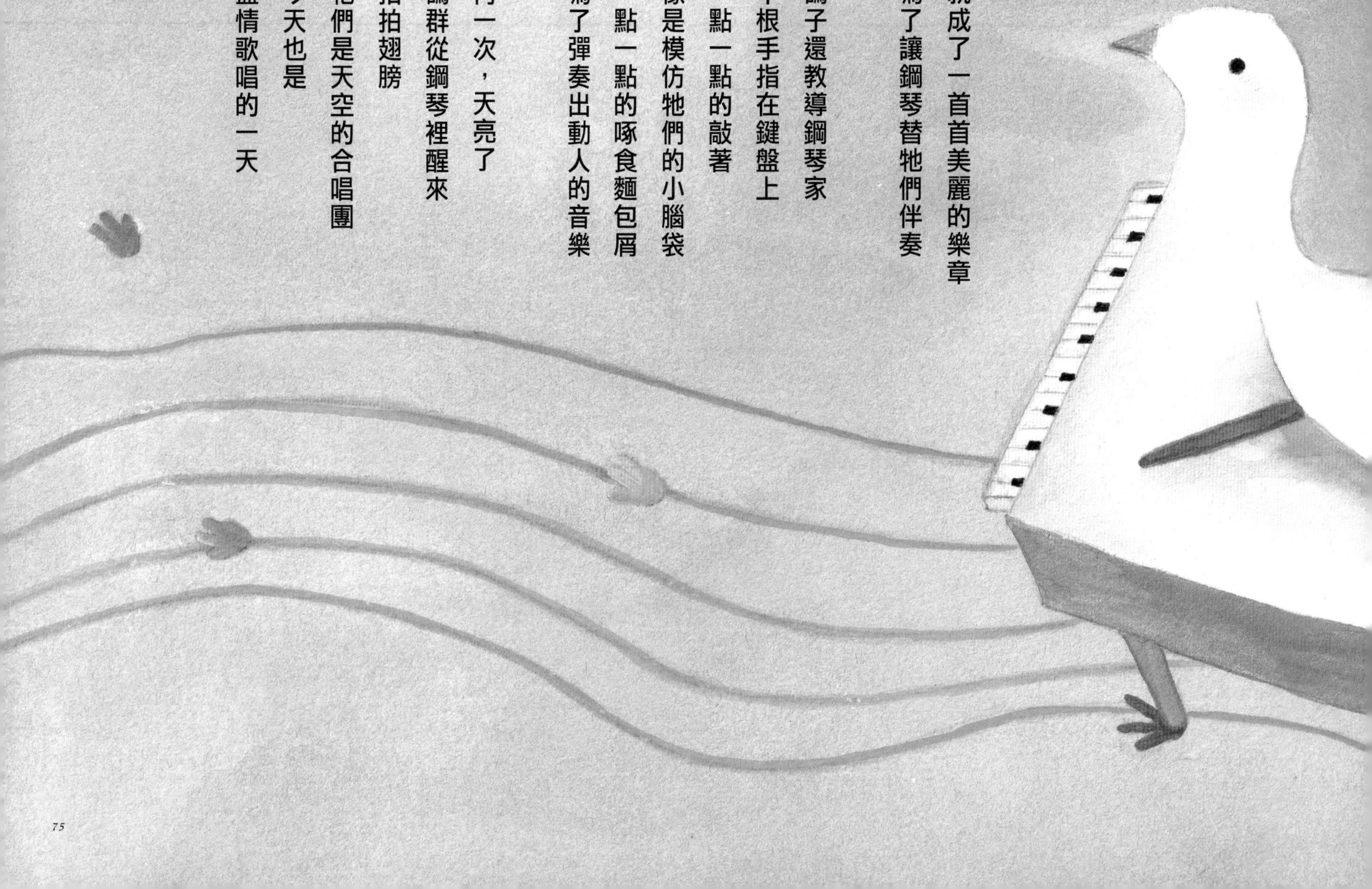

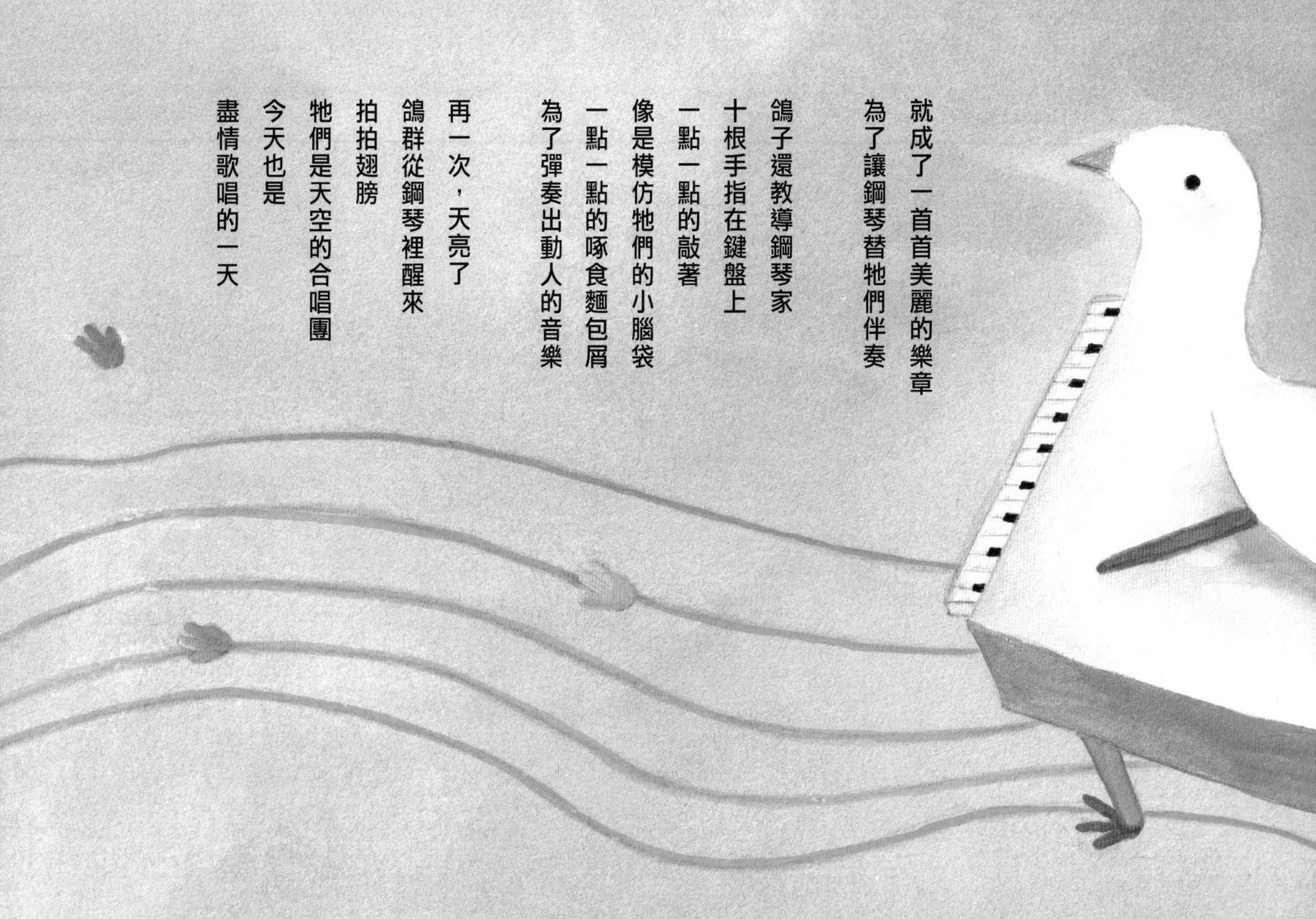

Q31

彩虹的盡頭在何處？
在你**靈魂**裡還是在地平線上？

從我家的巷子走到底
就沒有路了
高大磚牆擋住前方
沒辦法走過去
但是下過雨的彩虹從上面
大步跨了過去

過了那一道牆
是好多車輛奔馳的馬路
彩虹沒停下來等紅綠燈
直接又跨過去了

沿著路走到底
是一條溪流
彩虹比溪流更長
長長的跨過去了

過了溪流
是學校的操場
彩虹繞著操場跑一圈
爬上一座橋
經過菜市場
從公園的溜滑梯上
咻——溜下來
彩虹最後會去哪裡呢？

回到我家的巷子
抬頭一看
彩虹也回來了
原來彩虹哪裡也不去
只是想跟著我而已

難怪每次哭完以後
心情就好多了
原來是彩虹在安慰我
就像它安慰哭泣後的天空

Q32

為什麼我們花了那麼多的時間長大，卻只是為了分離？

等我長大
要跟媽媽結婚
但是媽媽說：
「你長大以後，要跟別人結婚。」

等我長大
要跟小貓咪結婚
但是爸爸說：
「到時候，小貓已經不在了。」

我才不要跟弟弟結婚
弟弟昨天搶走我的餅乾
還弄壞我的作業

我可以跟石頭結婚嗎？
從公園裡、小河邊還有回家的路上
撿回來的石頭
是全家人的回憶
阿公說：「可以！」

太好了，就跟石頭結婚吧
我要把它們全部都
擦得像寶石一樣發亮

Q33

岩石身上為什麼那麼多**皺紋**，那麼多窟窿？

每次去看外公時
他總是忘記我是誰
好像大腦被鑽了許多洞
記憶，從那些洞流光
沒有一件事記得住

外公問我是誰的時候
我看見他的嘴巴
裡面沒有牙齒
是一個又深又黑的窟窿
他的牙齒在杯子裡
就放在桌上
他是怎麼辦到的？

但是當我告訴外公
我是他的孫子時
他瞇起來的眼睛會發亮
微笑的時候
臉上的皺紋變得更多了

不只是臉上
外公的手上、腳上、脖子上
到處都是皺紋
好像身體的每個部位
都已經用了好久好久
看起來才會這麼老、這麼舊

如果我邀請外公一起踢球
他會搖搖頭
慢慢的靠回輪椅上
然後像一座巨大的岩石
又睡著了

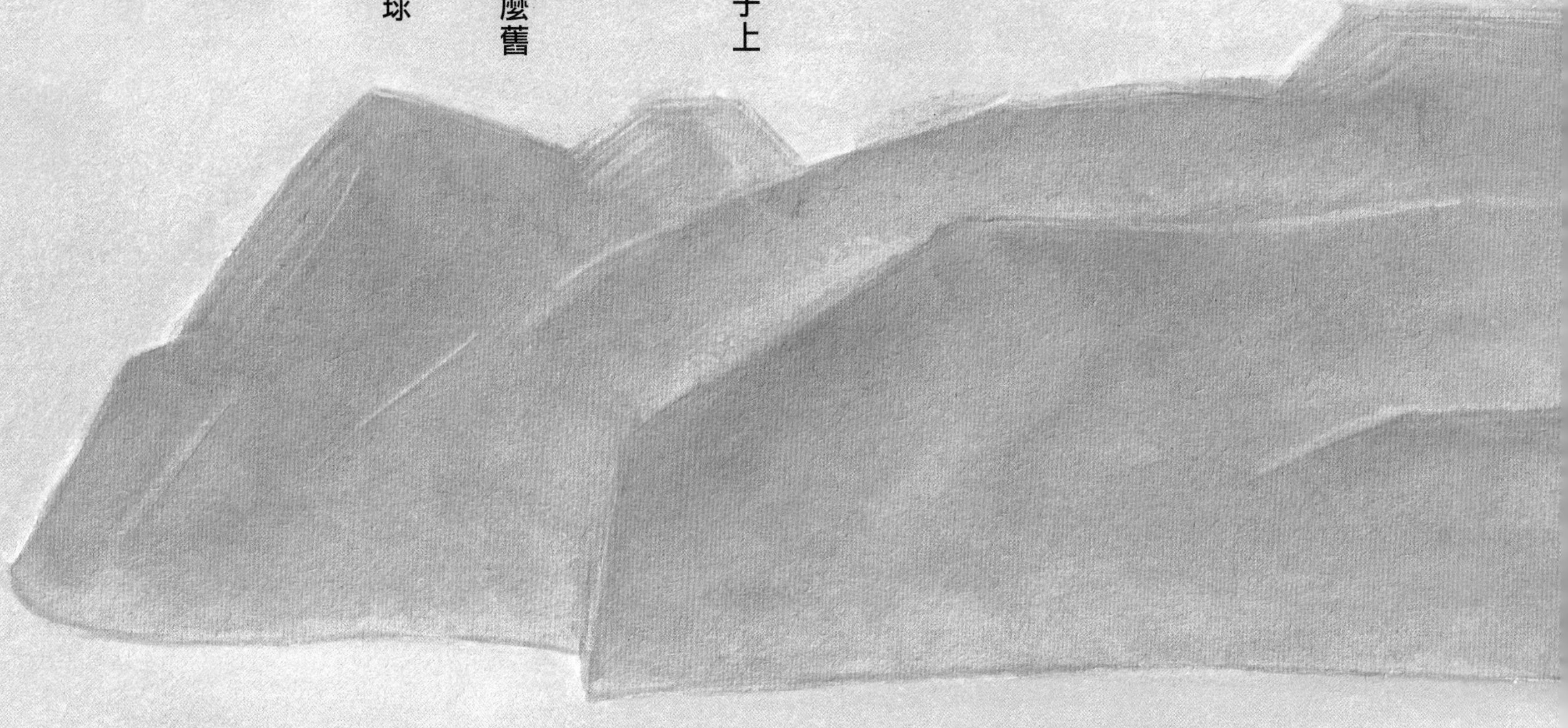

Q34

我在哪一扇窗戶不停注視著被埋葬了的**時間**？

還要多久啊？
總是忍不住這樣大聲問

從課本後面偷偷盯著
老師頭上的時鐘
時間在那扇窗戶後面
一邊散步，一邊笑著說：
「還早呢！」

一節課好不容易上完
還有好幾節課
星期一上完學
還有好幾天才放假
放假是另一種時間

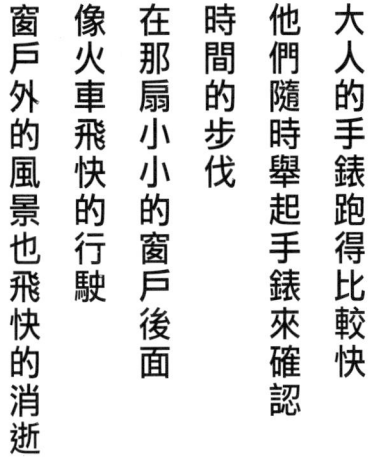

大人的手錶跑得比較快
他們隨時舉起手錶來確認
時間的步伐
在那扇小小的窗戶後面
像火車飛快的行駛
窗戶外的風景也飛快的消逝

怪不得大人的腳步
總是快得停不下來
才剛過完星期一
他們就說：
「天啊，怎麼又快要放假了！」

Q35

如果所有的河流都是甜的
海洋如何獲取鹽分？

河水流動時
聽起來是這麼的歡快
它是一支水的樂隊
演奏著甜美而新鮮的小曲

但是河裡的小蝦和貝類
卻愈來愈少
曾經來到河邊喝水的鹿
曾經在河邊比賽跳高的青蛙
都不見蹤影
是因為河水不再甘甜了嗎？

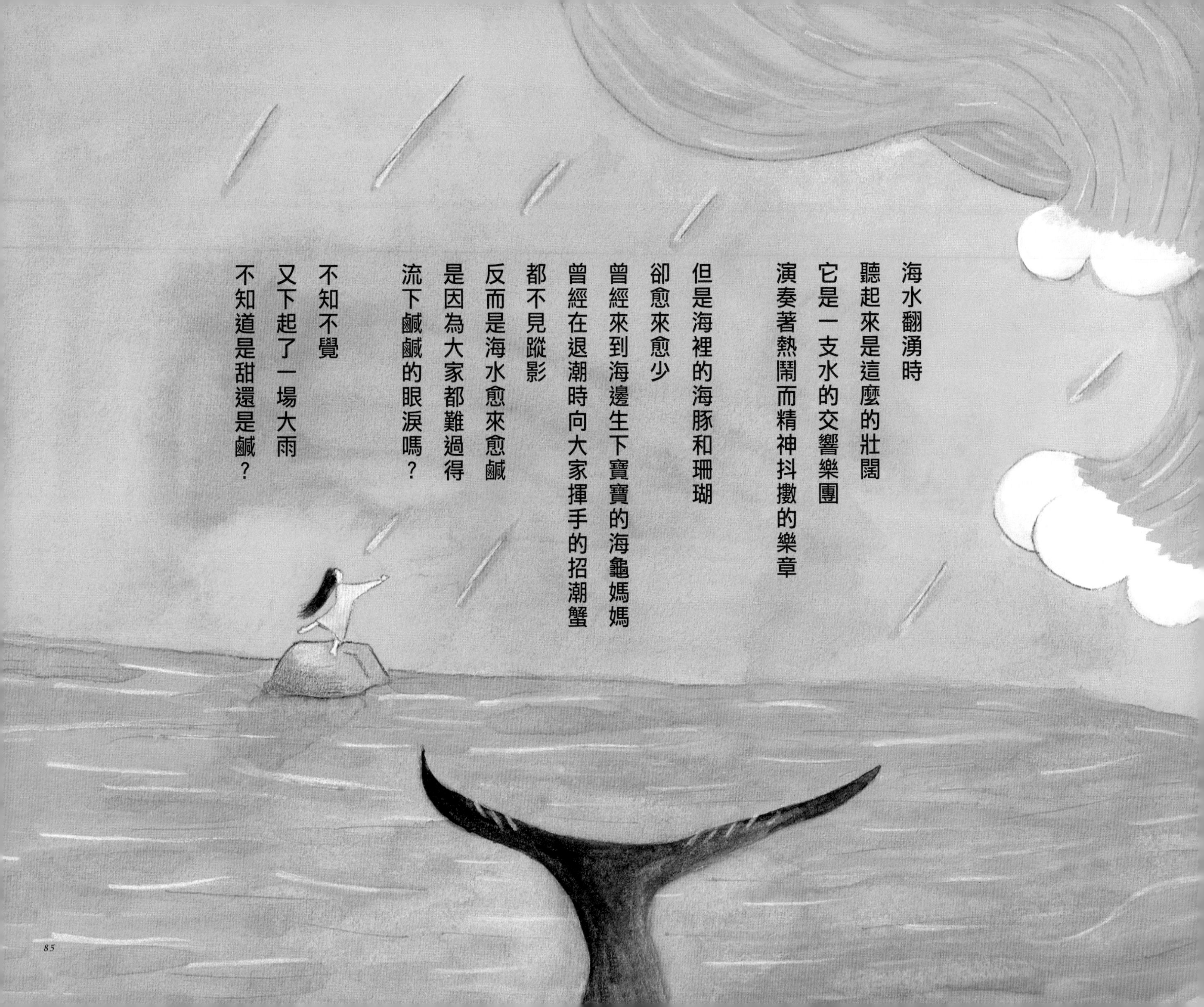

海水翻湧時
聽起來是這麼的壯闊
它是一支水的交響樂團
演奏著熱鬧而精神抖擻的樂章

但是海裡的海豚和珊瑚
卻愈來愈少
曾經來到海邊生下寶寶的海龜媽媽
曾經在退潮時向大家揮手的招潮蟹
都不見蹤影
反而是海水愈來愈鹹
是因為大家都難過得
流下鹹鹹的眼淚嗎？

不知不覺
又下起了一場大雨
不知道是甜還是鹹？

Q36

櫻桃核心的甜味
為什麼如此堅硬？

玻璃瓶可以盛裝各種東西
可是一摔就碎了

一張紙，一撕就破
可是一疊紙卻硬得像磚塊

花朵雖然細小
卻能從石頭縫裡
挺立在陽光下

大樹長得粗壯
但還是會有倒下的一天

土地是堅硬的
開闢在土地上的道路
卻溫柔的蜿蜒

河水是親切的
但發怒的時候
能把橋梁沖毀

我想成為一顆櫻桃
和同伴們依偎在一塊兒
但落單的時候也不害怕
為此
我要鍛鍊出一顆堅強的心
如果還能帶給別人
甜甜的滋味
那就太好了

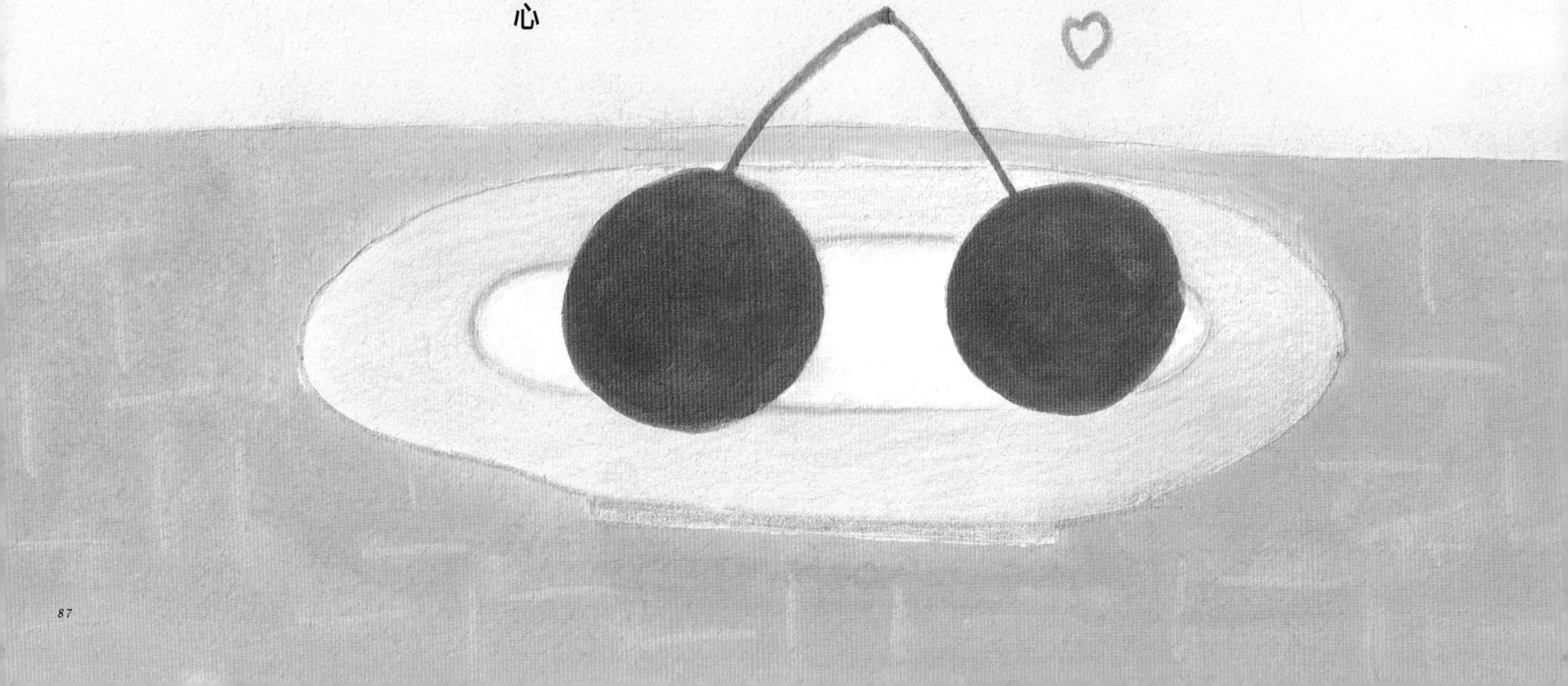

繪本館

一隻貓會有多少問題？

與諾貝爾獎詩人聶魯達交談，一本和孩子一起問個不停的對話集

The Book of a Cat's Questions

作　　者　夏　夏
繪　　者　蔡美保
設　　計　蔡美保
責任編輯　汪郁潔

國際版權　吳玲緯
行　　銷　闕志勳　吳宇軒
業　　務　李再星　李振東　陳美燕
總 編 輯　巫維珍
編輯總監　劉麗真
總 經 理　陳逸瑛
發 行 人　涂玉雲
出　　版　小麥田出版
10483 台北市中山區民生東路二段 141 號 5 樓
電話：(02)2500-7696
傳真：(02)2500-1967
發　　行　英屬蓋曼群島商家庭傳媒股份有限公司
城邦分公司
10483 台北市中山區民生東路二段 141 號 11 樓
網址：http://www.cite.com.tw
客服專線：(02)2500-7718 ｜ 2500-7719
24 小時傳真專線：(02)2500-1990 ｜ 2500-1991
服務時間：週一至週五 09:30-12:00 ｜ 13:30-17:00
劃撥帳號：19863813　　戶名：書虫股份有限公司
讀者服務信箱：service@readingclub.com.tw
香港發行所　城邦（香港）出版集團有限公司
香港灣仔駱克道 193 號東超商業中心 1/F
電話：852-2508 6231
傳真：852-2578 9337
馬新發行所　城邦（馬新）出版集團　Cite (M) Sdn Bhd.
41, Jalan Radin Anum,
Bandar Baru Sri Petaling,
57000 Kuala Lumpur, Malaysia.
電話：(603) 9056 3833
傳真：(603) 9057 6622
讀者服務信箱：services@cite.my

麥田部落格　http:// ryefield.pixnet.net
印　　刷　漾格科技股份有限公司
初　　版　2023 年 7 月
售　　價　380 元
ISBN：978-626-7281-17-8
ISBN：9786267281185（EPUB）

國家圖書館出版品預行編目 (CIP) 資料

一隻貓會有多少問題 / 夏夏作；蔡美保繪. -- 初版. -- 臺北市：小麥田出版：英屬蓋曼群島商家庭傳媒股份有限公司城邦分公司發行, 2023.07
面；　公分. --（故事館）
ISBN 978-626-7281-17-8(平裝)

863.598　　112006151